사람을 생각하는 일

김진숙 시집

사람을 생각하는 일

도서출판한길

‖ **自序** ‖

빈 터에 아무렇게 놓인 의자
마음에 걸려 넘어질 때마다
앉던 의자다
그 의자에
〈사람을 생각하는 일〉
하나 올려본다

2020년 10월

차례

제1부 옆집을 발굴중입니다

제2부 말이 저무는 집

제3부 관계에 대한 단서

제4부 묵언

제1부 옆집을 발굴 중입니다

미필적 고의입니다

노란 리본 서툰 반성입니다
꽃봉오리 저 찬 물속으로 사라졌는데
세월이 필요했는지요
그믐의 사리 높아지면서 팽목항 별빛
금속성으로 갈라집니다
찬바람은 물속에서도 분노합니다
아직 찾아야 할 꽃잎 많은데

입 다문 바다 명치에 걸립니다

이발소

　점방 집 사내 희망근로 나갔다 중도에 모가지 잘
린 게 억울하다고 술내 풍기며 이발사에게 핏대 세
운다 자기 모가지가 그 여시 같은 팔봉댁이 갖다
바치는 커피만도 못한 것이라며 씩씩댄다. 시퍼런
면도날에 맡긴 내 목이 뜨끔하다 피라도 난 것일까
목울대가 뜨뜻하다 삶이 그대를 속일지라도…….
벽 한쪽에 걸려 있는 낡은 액자 속 푸시킨, 먼 발치
에서 사내를 잠재우고 문밖에는 탈탈거리며 삼색
등이 무심히 돌아간다.

옆집을 발굴 중입니다

옆집에 노부부가 살고 있습니다
오늘도 옆집을 지나갑니다
우리는 서로 말을 해본 적이 없습니다
옆집은 조용합니다
우리 집도 조용합니다
옆집 마당에는 하얀 목련이 피고
튤립도 피고 처음 보는 봄꽃도 피고 있습니다
안 보는 척 훔쳐봤습니다
빨랫줄도 반짝이며 펄럭이는 마당입니다
고개를 쓱 밀어 넣고 싶은 마당입니다
우리 집은 마당도 빨랫줄도 없는 집입니다
그래서 옆집 사람이 인사를 안 합니다
나도 내 마당이 없어서 인사를 안 합니다
마당을 만들어야겠습니다
그리고 계절을 심어야겠습니다
봄볕이 좋은 날
옆집을 발굴 중입니다.

205호 할머니

아이고 어떻게 여기까지 왔어, 새댁!
아래층 205호 할머니
날 알아보고 복지관에서 반갑게
손잡아 흔든다

봉사 끝나고 간다며 인사하는 내게
댁은 어디서 왔수?

할머니 갈수록 정신이 맑아진다

실직

말없는 대답을 낚는 그가
놀래미 등가죽 벗긴다
얇게 저민 꼬들한 살 한 점에
시간 팔아버리고
내일이면 괜찮아 질 거라고 꾸룩 대는 바닷새
허다한 날들 집어등 걸고 있다

어디서 석쇠에 바다를 굽는지
타는 냄새 옆구리 타고
올라온다
떡밥에
바다가 낚이었나 보다

일용직

후평동 언덕배기 '영자의 전성시대'
보름달 안고 있다
새벽에 아파트 103동 앞으로 모이라는 십장 고함
막걸리 주전자에 부딪쳐 튕겨 나온다
벽에서 영자가 나와 술 따르고 남자들 돈 봉투 통
통하게 물이 오른다
낙타의 육봉 같던 등줄기 내려앉은 김 씨도 오늘
만큼은 전성시대다
겹겹이 쌓인 새벽 열고 서툰 삽질로 받은 어둠 값
이다
몇 번의 비틀거림에 새벽 순례자 신분 반납하고
영자와 건배를 든다

골목

한쪽 무릎 세우고 앉아
시간과 소통한다
소문과 오해로 이어져
모세혈관 같은 통로마다
짙푸른 사연
하루를 쏟아낸다

담장 위 길고양이
떠난 하루 조문하고 있다
길모퉁이 모서리에 밥그릇 깨져도
꽃잎 같은 소문 대문 흔들고
화수분처럼
늘어만 가는 오랜 기억
벼린 세월이다

골목
재개발이란 돌림병 앓고 있다.

벌쟁이 김 씨 1

햇빛 아슬아슬한 새벽
전날 마신 막걸리 냄새
새벽을 오염시킨다

귀 떨어진 햇살의 유혹 속으로
꿀벌들 화려한 외출한다

들꽃들이 자글자글
수다 떨며 꽃잎 날리고
그의 음모는 시작된다

깨진 낮달 뒤로
그와 꿀벌들의 언어
날개 달고
높은 시간 오른다

낯선 길에서 만난
들꽃
긴 하루의 빗장 열고

그의 앵벌이는 시작됐다.

벌쟁이 김 씨 2

꽃향기 담은 청첩
온 산 언저리에
인사하며 돌리는 벌쟁이 김 씨

주례사로 봄볕에 울렁이는 바람 준비하고
잔치국수 고명으로 아카시 꽃잎 살짝 얹고
꿀 한 방울 떨어뜨릴 예정이다

짝 맞지 않는 구름 부케 부산스럽다
흘러넘치게 화분花粉 부조로 들어오면
앓고 있는 옆집 안식구에게 나눠 주고

아까시나무들이 쏘아대는 수 천발의 폭죽

얼씨구절씨구 좋구나.

15도

　기울어진 지구에 사는 우리들 조금씩 휘어져 말도 기울게 하며 산다 동네 통장이 와서 담벼락에 말라붙은 담쟁이 보기 안 좋다고 걷어치우라고 한다 통장의 굽은 등을 보고 얼른 유리에 비친 나를 보니 나도 기운 축이 15도쯤 된다 지구의 기울어진 각도가 15도가 되려나, 지구가 기울어져 담쟁이가 담 탄 것을 동네 사람들은 왜 보기 싫다고 하는지 모르겠다 사다리라도 펴서 동네 사람 마음 펴 줘야 하는데 펴 주지 못했다 교동세탁소에서는 구겨진 편견, 스팀다리미로 펴는지 픽픽 소리 요란한데 해 질 녘 지구 위 사람들 자꾸 기울어진 것들만 생각하고 우리 집 말라붙은 담쟁이 흘겨보며 지나간다.

사람멀미

서울역 광장에서
비둘기가 쪼다 만 시간
덤으로 얻어
칠 벗겨진 여관 간판 위에 올려놓는다

하루 종일 떠들던 말의 상처
꾸역꾸역 광장 여관으로 따라 들어온다

층층이 쌓인 말
액자 속 그림 안에 봉인하고

생의 조각
퍼즐처럼 맞추고 있는
204호를 뒤로하고

흩어진 시간 주워 모아
기차를 탔다

당분간 모두의 안부가 궁금해도

침묵해야겠다

말 많은 하루였다.

칠십 근황

녹슨 대문 뒤로 잃어버린 시간
문고리 잡고 있다
물기 마른 눈빛
쿨럭, 오후 햇살 불러들인다

어제 유모차 가득 폐지 싣고 와
열두 폭 병풍으로 펼쳐놓더니
오늘은 여덟 폭 병풍만큼만 펼친다

폐지 위 고양이
골목 소음 노인에게 속삭이며
허리 바짝 낮춘다
굳이 어두운 귀로 들으려 애쓰지 않아도
골목의 행로 꿰고 있다

새살 돋을 만큼 쌓인 폐지 앞에서
시간 나누어 보니
돌아갈 수 없는 숫자 위에 있음을 눈치 챈다

살 냄새 그리운 날들 위태로워
목에 걸린 핸드폰 1번 꾸우욱 누른다.

계단 있는 집

하고 많은 집 중에서
나는 계단 40개를 올라가고 내려오는 집에 산다
계단이 있어서 살고 있는지 모른다
아니 계단이 있어서 살고 있다

밤새 꿈에 눌려 있던 심장 한쪽을 다독일 수 있고
계단 끝 복도의 시작이 더 이상 내겐 컴컴한 배후
가 없기에
괜찮은 집이다

몰려드는 먼지 속 다락방
햇살 사이로 먼지 산란하고
지구 뒷덜미 찾아 이불 내다 널 수 있는 집
마지막 보루라 더 괜찮은 집이다

계단은 치골齒骨 같은 힘으로
교동 집 받치고 있다

타살

죽었다
또 죽였다

눈독
홍수
독가스
내가 저지른 일이다

바닥은 꽃잎 가득한데

또 생명을 만원 주고 사 왔다

짧은 내력

빈 무덤 새벽 숨을 쉰다
아침소리 담은 상자

안개 품은 해가 울컥대며 지붕 위에서 초혼을 불
러내고
취기를 핑계 삼아 그 속으로 들어간다

누가 울고 있을까
마음을 훔쳐보고 들리지 않는 외침에
변소를 다녀온다
오래 앓았던 배앓이가 도지는가 보다

풀도 뿌리를 깊게 내리는데
덜 여문 씨앗, 사선으로 위태롭게
뿌리를 내리더니 달빛 몇 줄기 타고 말았다

문득, 유배되었던 나를 찾는다
그리고 시린 발자국에 내 몸을 풀어내고 있다

사막에 길을 내는 여자

그녀가 내게 주신 힘 조금 남았습니다 뼛속 고단
백 지독히도 빼먹었습니다 나무 등걸 같던 어깨에
내 기름진 얼굴 많이도 비볐습니다 긴 여행 준비
중일 때, 옹이 박힌 그녀 손가락 발가락에서 검은
머리카락이 자라면서 사막에 길을 내고 있었습니
다 왼발을 저는 내가 오른발도 절까 두려웠던 건
아닐까요 같으면서 다른 나하고의 관계가 두려웠
던 건 아닐까요 그녀 가슴에 화인 같던 나도 흰머
리가 나려고 머릿속이 시끄럽습니다 허둥대지 말
아야겠습니다 아직도 가슴 중심으로 따뜻함이 흐
르는지 후끈할 때가 있으니까요

거울

오목거울로 내 가슴 보니
꽃 만발이다
오래오래
시들지 않을 것이다

가슴 가득
너를 품고 있을 테니

제2부 말이 저무는 집

식구

식탁에 밥 한 공기와 수저를 나란히 놓습니다

가뿐해서 바람도 떨립니다

얼마 전까지 네 귀퉁이 식탁 다리가 휘청해서

밥그릇 들고 총총히 먹었던 기억입니다

흩어진 식구들 숫자 세어 보고 또 세어 봐도

저릿한 타박상처럼 건드리면 통증이 먼저 오네요

물에 만 밥

저 혼자서 목구멍에 걸려 곤두섭니다.

사람을 생각하는 일

하필, 이 새벽
화장실 물 내려가는 소리가 사람을 생각나게 한다
사람을 생각하는 일
혼자 밥 먹는 것처럼 재미없는 일이다
한쪽 발로 깽깽이 뛰는 것처럼
참 쓸쓸한 일이다.

화장 火葬

키 작은 뼈 사이로 검은 꽃이 보였다
어머니를 발굴하는 내내 봄볕이 쏟아졌고
해 준 게 뭐 있냐던 내 독설이
어머니의 삭은 뼈마디에서 반짝인다
때때로 부는 봄바람
상처를 집요하게 핥아 대며
산 자의 무게로 누른다
어떤 미안하고 미안한 안부는
그리울 것 없이 가슴 깊이 화형 火刑이 됐다
심장을 쪼였던 어머니
부패의 온기도 없이
조용히 내게 온몸을 내주고 있다

달

할머니, 달이 우리 쫓아와요
아이와 천호공원 가는 길에 따라나선 달

어릴 적 산동네 리어카로 이사하던 날
다리 불편한 어린 딸 업고
찌그러진 달 속에
스스로 유폐되었던
아버지의 지난 모습
내 몸 여기저기
옛 것 불러일으켜 집 짓는지 아프다
아버지 등에 업혀 본 찌그러진 달

이제야 둥글어져 환하다
할머니, 달이 자꾸 우리 따라와요

저녁이 슬프다

연신내 전철역 어귀 한 자판에 누드 밤 한 봉지,
달궈진 연탄불에서 한바탕 몸부림이다 누린내 나
는 입안에 한 알 툭 털어 넣고 장례식장 올려다보
니 환하다 몇 겹의 가면 벗어 표정 뒤에 숨기고 죽
은 듯이 왔는데, 낯선 사내의 턱을 누드 밤처럼 면
도하던 그녀 벌거벗은 슬픈 짐승처럼 앉아 있다 한
남자 공부시키며 얻은 쿨럭임, 사람들 손가락질에
익숙해질 때 그녀 입안에 빨간 꽃이 피었고 시간의
틈바퀴에서 마냥 서성였을,
　영정 앞에서 차마 쉬지 못하는 날숨은 귓전을 들
락이며 숙인 고개 밑으로 숨는다

오후 4시

공원 벤치 다리 밑
개미 가족이 살고 있다

아이 손잡고 개미에게
밥 먹었냐고 안부 묻고

지루한 낮잠에서 깬 비둘기
내가 버린 이야기 물고
하늘을 난다

여전히 모이고 흩어지는 구름
거듭 진화하는 봄
색 바랜 벤치,
모두 관계의 덫에
걸려 있다

몸에 박힌 햇살 놀음 나른하다
벤치에 아이가 벗어놓은
빨간 잠바

졸고 있다

짧은 천국이다

고독이 뭐꼬

행간에 갇혀 있는 숫자 육십을
꺼낸다

숫자에 검은 머리카락을 심고
눈꼬리를 귓가에 팽팽하게 걸어
재생시킨 볼따귀

목주름만큼은 안 되는지
스카프로 목을 조인다

뽕 팬티에 청바지 입은 그녀
'고독이 뭐꼬'를 허언증처럼
남발한다

육십에 받은 생일 케이크 들고
돌아가는 길

뒷목에서 나무처럼 자라는 고독을
아무도 모르게 키우고 있다

똥강아지

아기는 하루에 몇 번씩 똥 싸는데
나는 자꾸 똥을 뱃속에 쌓아둡니다
나도
하루에 몇 번씩 똥 쌀 때가 오면

그때는
그때는

아기 되려고 하는 거라고
사람들은 말합니다

손톱

동그랗게 말아 쥔 손

살며시 손톱을 자른다

톡, 톡

종이에 싸 비밀상자에 넣어둔다

젖내에 홀려

그 친구 콧등에 내 코 얹으니

심지 꺼졌던 빈 몸

불붙 듯 뜨겁다

자고 나면 한 뼘씩 자라서

늑골 뒤 낡은 바람 헤집고 들어와

나를 찾아줄 때

난 또 손톱을 자른다.

P에게

인화되지 않은 기억
따라다니다 지친 침묵
지상의 모든 것
빙글빙글 도는데
앙큼하게 시간 사서
그 속으로 몸 숨기다니

감겼던 눈 떠보니
갸우뚱 대는 맑은 수액
펄떡이는 팔뚝
정 떼는 소리다

지붕 위에서 초혼 대신 기타를 치고
벚꽃을 나도 사랑했었다고
다음에 꼭 말해 주겠다.

말이 저무는 집

집이 저무는 시간
바람이 들락이며 저물지 못하고 저문다
입안 단내 휘파람 불지 못하게 저무는 사이
아직 당도하지 못한 어둠
소리 내어 읽지 못하게
얼룩진 기억 저문다

집이 저무네
속내 지키려고 우물쭈물하다
저물고
노래 부르다 이미 저물고 만 문장
입안 가득하다
열린 뒷문으로 저무는 것과 저물고 있는 사이
횡설수설하고 싶어지는 저녁이다

저
문
다

빈 집

세간이 하나 둘 줄다 보니

길이 보였다

시나브로 비어 가는 안방과 건넌방

통증이 느껴진다

묵은 냄새 없애려

서까래 위에 살짝 페로몬 한 방울 묻힌다

구멍 뚫린 대들보 사이로 드나드는

관절 앓는 소리

위태로운 통증이다

똥강아지 2

저녁이 흘러내린다
맨발의 아이 식탁에서 졸고
찌개 속 두부 한껏 부풀었다 주저앉는다

지하철 탔을까
아니야 골목 입구 슈퍼 지날 거야
슈퍼에서 아이스크림 샀을까
초콜릿 두 개도 샀을 거야

식탁에서 귀 세운 아이의 선잠
한없이 흔들린다
냉장고 속 반찬들
출산하듯 식탁으로 쏟아질 때

정수리에 달빛 꽂은 우주
현관에 들어선다

퇴계동 61번지

달하고 가까운 동네에 살았던 적이 있습니다 물지게로 물 길어 먹다 자리다툼에 져서 키가 작아졌어요 공중변소 가마니 문틈으로 별이 엉덩이로 쏟아져 하마터면 똥통에 빠질 뻔도 했고요 아침이면 싸움꾼 쌍동댁 욕지거리 하늘에 맞닿아 겁나기도 했지만 반푼이네 아기 들쳐 업고 기저귀 뽀얗게 빨아 바지랑대에 널어줄 땐 애매한 감정들이 울컥 벌컥했습니다 재개발 데모로 모두 밤낮없이 하늘 향한 팔뚝질도 위태로웠습니다 골목에서 훔쳐보고 뒤돌아서기를 수없이 했습니다 그곳에 달을 쿡 찌르고 대리석 깔고 앉은 성이 생겼습니다 성과 성 사이에 골목도 없어졌어요 그 성에는 팔뚝질 한 사람들이 모여 살고 있습니다 여전히 달하고 가까운 동네입니다 골목에서 훔쳐보는 게 아니었습니다 사람들 틈에서 팔뚝질 한 번 했어야 합니다

괜히 달 찌르고 싶어서 접질린 얘기 한 번 해 봤습니다.

버려진 기타

골목길, 버려진 통기타 위로 죽은 자유 그득하다
끊어진 줄 하나
며칠 폭설에 고립되어 있더니
지난밤 화려한 조명을 받았던 게다

푸른 잎 부산대며 새잎 틔우고
빈 가슴에 푸른빛 꾸역꾸역 들어가는 것 보니
슬픔도 잊었던 게다

한때 낭만과 고독도 한 생의 중심이었을 것을

욕망도 참지 못하면 방종될까
밤새워 다섯 줄로 꿈, 잉태하였다

개 한 마리 어슬렁대더니 허물어진 생生 들추고
죽은 자유 물고 사라진다

끊어진 줄 하나 길을 찾다.

굽은 등

날렵한 몸으로 푸른 채소 여미고 등 푸른 생선 깔
끔하게 토막내고 날 바짝 세워 불편한 세월 잘도
베더니 정작 꽃비가 내리니 어쩌지 못하고 칼금 선
명한 도마 상처 소슬 소슬 아파 온다

굽은 등 위로 닳은 세월 길게 누워 있다.

폐경閉經

낡은 집 뜨락에
바람소리 길게 눕고
늙은 바람기
저무는 강가에
꿇어 앉아
노을 받치고 있다

진화하지 못한 날개
아무래도 가져가야 할 것 같아
에스트로겐 한 알
침묵 속에 밀어 넣는다

만선의 붉은 꽃들이
투신 중이다.

제3부 관계에 대한 단서

58개띠

신이 났어요 내일 지구가 뻥 하고 없어지는 줄 아
나 봐요 미러볼 조명이 그들을 도깨비처럼 만들었
어요 콩나물 교실에서 국민교육헌장 달달 외운 솜
씨라 노래도 틀리지 않고 부르네요 고등학교 본고
사 없어지고 뺑뺑이로 시작된 그들이라 그런지 부
둥켜안고 블루스도 어쩜 그리 잘 추는지요 베트남
전, 서울의 봄 아이엠에프 터져 사오정되고 삼팔
선 되었어도 끄떡 없었어요 몇 번의 안간힘에 일어
서지 못할 때도 있었지만 보세요 지금은 단수된 수
도꼭지에서 푸푸하고 헛바람 나오듯 꾹 눌러온 신
명을 풀고 있잖아요 집으로 갈 시간이네요 복 많아
서 구순된 어머님, 인절미라도 들고 가야 되겠어요
아 참! 취직 못해 해종일 방에서 안 나오고 있는 딸
년 용돈 줄 거나 있는지 모르겠네요 참 나.

마흔 번째 겨울을 지나며

긴 겨울 아랫목에 옹기종기 모여 윗도리 벗어 이
잡던 때, 솔기마다 서캐가 일렬로 부화 꿈꾸었으나
엄지라는 두 무력 그 꿈 누른다 엄지손톱에 꿈의
파편, 벌겋게 물들 때 구석 찾아 서캐 한 줄 슬어놓
고 숨는다 쫓는 손길 기막힌 가려움증으로 떨리고
쫓겨 가는 두려움인가 익어가는 겨울 그림자에 나
를 감금했다

더는 감금당할 일 없는 지금 부화를 꿈꾸고 단단
해진 자유는 문 열어 놓고 나를 부른다
마당가 빨래 얼었다 녹는다

마흔 번째 겨울이 지나며 몸 풀고 있다

상처, 뒤돌아 앉은

강 내력 중에
물길 놓쳐 눈멀고 귀먹은 적 있어
당분간 기다림으로 있기로 했다
햇빛에 반사된 얼굴
강에 비춰보다
돌아가는 길 잃어버려
귀틀집 창문 열어놓았다
복잡한 마음 내다 버리다
수없이 베인 상처
붉은 발 담그고
슬며시 물길 잡아 꽃잎 띄우고
뒤척이는 강바람
돌아가는 길 곡선으로 그려주며
능청스럽게 뒤돌아 앉는다
기억되지 않는 내력 불러내
은밀한 이유 붙여 소란 피워보지만
앞에서 옆으로 비켜선 것뿐이다.

옛 일

한때 나는 내가 살던 좁은 골목에
서점을 내고 싶은 마음 간절했으나

한낮 가겟집 평상에 만우 아버지 술 취한 고함이
골목을 사 버려 그만둔 적이 있었습니다

부엌

고등어구이에
소금 치자
간기 있는 관념들
튀어나온다

벌거벗은 배추
소금 치니
비겁해지지 않으려 뒤척인다

믿어서는 안 되는 냉장고 열어
싹이 난 감자를 도려냈다

오래된 벽이 쏟아지면서
식탁이 깨어난다.

관계에 대한 단서

꽃그늘 저만치 멀어지는 날
커피에 각설탕 네 개
어둠 속으로 사라집니다
늙은 길고양이 창틀에서
사라지는 각설탕을 아쉬워합니다
밤마다 지르는 괴성이
눈가 짓무르게 하지만
골목 비밀이 바지 속
동전에 불과하다는 것을 알았습니다

밤마다 네가 죽었으면 좋겠다는
비약적인 이미지를 떠올릴 때마다
팔짱도 못 낍니다.
창틀 위 창틀
창틀 위의 벽돌이
각자 의심의 단서가 되기 때문입니다
늙은 길고양이 결국 주검으로 대신하고
내 가슴 중심에 돌덩이 하나
쿵— 들어오고 있습니다

빨간 소문

간밤 폭우에 꺾인 물망초,
밤새 떨어지며 지르는 비명
동네 슈퍼 아줌마가 들었다나 뭐라나

벼락 맞은 대추나무 옆
빨강 맨드라미도
지난밤 물망초의 비명을
빨갛게 퍼뜨려서 더 빨갛다

빨강 맨드라미
어쩜 저것은 별 볼 일 없는
부푸는 욕망의 실체인지도 모른다

수없이 오가는 길에 눈 맞춤했지만
화단의 수다 듣기 싫어 잠근 방문

누군가 내 거처를 물어본다면
대답을 안 하겠다
나도 빨강 맨드라미였으니까

소문이 빨갛게
하늘을 끌어내리고 있다

불편한 불면

어둠과 통정했다는 풍문

장마철 곰팡이처럼 퍼진다

진원지 찾아 나섰다

눅눅한 뒷문이 의심스럽다

전화기 꺼놓고 달빛 한 꺼풀 쳐놓는다.

낮이 밤을 가둔 이유 캐묻고

가시 돋친 혓바닥에 시든 꽃 꽂는다

뒷문 열고 밤이 가둔 낮을 풀어주니

목덜미 붉어지며

어둠이 걷힌다

얀 샤우덱을[1] 만난 날

몸에 대한 경배
그를 뒤따르는 많은 피사체
팜므파탈 걸치고 있다
알 수 없는 비극과 희극
경멸과 사랑의 꽃대
유폐된 옷 들치고
몸 구석구석 들여다본 자유
오래된 구옥舊屋 같다
발가벗은 삶 더 벗고 싶다
소리 없는 이중성이다

에로와 낭만의 발화점, 그 경계에서
끙끙 앓는 여름밤

---

1) 얀 샤우덱-체코의 사진작가

물에 빠진 북한강

깃털 빠진 오리배들이 트럭에 실려 간다
봄볕에 몸 늘이고 있는 '이디오피아'[1]
녹색 이끼 감아쥐고 침묵이다
물 위 집 '양파'[2]에서 지난 노래 흐르고
물안개, 남은 오리배 속으로 숨어든다
겹겹이 들이치는 안부
북한강으로 보낸다
봄이 익으면 실려 갔던 오리배들이 돌아오고
그리고 한 토막의 계절, 풍경 속으로 들어가겠지.

---

1) 이디오피아는 춘천 공지천에 있는 카페
2) 양파는 춘천 공지천 물위의 포장마차

키스 먼저 할까요[1]

흔들리는 주말입니다
성숙한 사람들의 서툰 사랑
죽었던 연애세포
키스 한 번으로 살아납니다

밥 먹으면서 그대 바라봤고
화장하면서도 그대 흠모했습니다
가슴 깊은 곳
몇 줄기 꽃으로 피어나고
떨리던 불륜마저 그리운
그대에 대한 중독입니다

연둣빛 새순 올라오고
이젠 그대 떠날 때가 되었습니다
마지막 회라고 합니다

---

1) 키스 먼저 할까요(주말드라마 제목)

네온 십자가

밤이면 빨간 예수 너무 많다 얼마 전 친구네 똥개 삶은 죄 때문일까 지난밤 부부싸움 중 리모컨에 맞은 개, 종일 굶긴 죄 때문일까 아니면 전단지 주며 자기네 교회 오라는 것 거절해서일까 진달래를 철쭉이라고 박박 우긴 일 때문일까 아니 그것도 아니면 혹시 새끼들에게 부모 할 일 다 했다고 공갈친 것 때문일까 아! 그것도 저것도 아니면 왜 빨간 예수가 밤이면 더 많아질까

할렐루야.

멜랑꼴리

고양이가 화분 깨뜨려도
아무도 내다보지 않는 골목
지천에 널린 시간
방고래 훑고 지난다

생각을 놓아버려
저 혼자 핀 벚꽃
가만히 귀 기울이면 모두 무심한 소리

잃어버린 시간들
고독사를 해결해 준다는
라디오의 주파수
여자는 거절한다

가보지 않은 길의 두려움 때문에
온종일 열꽃 피는 저녁

깨진 화분 안고 초승달에 올라 탄
여자

페달을 힘껏 밟는다

현수막

일정한 눈높이에
깃발을 고집하는 내가 걸려 있다
중구난방 해체된 활자들 사이로
시선이 한 곳에서 서성인다

바람이 몹시 불던 날
하루살이, 나방들이
아무 내용 없는 그곳에 알을 슬고
사람 속으로 들어간다

객관적으로 걸려 있는
나를 철거하려면
철거되기까지

얼마나 더 펄럭여야 하는지

뻐꾸기시계

쿨럭이는 기침에 찢긴 밤
잠의 집 열린다
하루 헤집는 심사
거친 어둠
잠귀 밝아 뒤척이는 소리
이불에 수북이 쌓인다

집에서 집 잃어버리는 꿈 싫어
벽에 있는 뻐꾸기 불러내 낮과 밤
바꿔 달라고 고집부린다
고집 마주한 뻐꾸기
집 몇 채 지었다 헐더니 벽으로 다시 들어가고

옆구리 베고 누워
토사처럼 흐르는 관계
하나씩 정리하며
뻐꾸기 벽에서 나오기를 기다린다.

광 따는 여자

섣달 그믐밤
대추나무 우듬지에 서럽게 얹힌 날들
고도리 판에서 비광, 똥광 챙겨 걸어본다
생각해 보니
내게 오광 같은 꽃 핀 적 있었던가
퍼즐 맞추듯,
똑 부러지게 허기 채운 적 있었던가
염치 좋게 늘어진 젖가슴만 피박 쓰고 있다
엉킨 매듭 파투 내고
섣달 마지막 바람 꼭 잡으라고
변명 아닌 변명한다

슬그머니 달빛 젖은 똥 광 하나 따는데
묵은 기억 사이로 그믐밤 힘겹게 지나간다.

동물의 왕국

내일의 배고픔 걱정 안 하는 초원의 그들
빈익빈 부익부가 없다

태양은 끊임없이
골리앗 같은 강자의 유전자
완성시켰지만
배부름이 살려 놓은 약자들의 뒷면,
배고픔을 앞지르지 않았다

눈에 보이는 것에
핏발 선 부끄럼
새가 하늘 품고 오른다

불안해하는 인간의 발명품 비축
신의 한 수였다고 때늦은
의심을 한다

골리앗 같은 기계로 낮은 판잣집 들어낼 때도
나뭇가지를 부러뜨리다 작은 싸움이 났지만

바람은 다시 초원에 분다

완벽한 정글은 없다
탯줄 끊긴 숲, 작은 바람
변하지 않은 관계다

제4부 묵언

봉의산

겨울이 산으로 들어가고
해와 바람, 사람도 따라간다
서두름도 부산함도 없는 길
맨살의 바람 사각대고
깊어지는 것에 대한 허상
약수터에 내려놓는다

노루 꼬리보다 큰 햇살
비릿한 겨울 냄새
산등성이에 토악질 해댄다
숨어있던 등뼈 사이로
토사물이 스며들고
끌어안은 모든 것
밤이면 아파서 소리 내 운다

주섬주섬 날이 밝고
아무렇지도 않은 겨울이
산문山門에 기대고 있다.

새똥

편의점 앞
의자에 앉아 새우깡을 먹고 있는 비둘기
사람들은 지나면서
온 세상이 새똥으로 덮이고 말 거라고
발길질하며 끌끌 혀를 찬다

세상 잘못 만난 비둘기
위태롭게 사람들과
살고 있다

새들도 황금똥을 누고
사람들은 산처럼 쌓여있는 새똥 전쟁을 했고
깃털로 시간의 행간을 지배하며 살던 때가 있었다

다행히 나는 좋은 세상에
살면서 맘 놓고 편의점 의자에서
새우깡에 커피도 마신다

세상이 잘못돼

비둘기가 날 걷어찰 일 없기만 바랄 뿐이다

봄 1

잠시 다가오는 더러운 희망이다

술이 폐부 깊숙이 들어올 때

여름 들판

여름 들판이
꽉 찼다

나무도 열심히 나뭇잎 키우고
풀들도 열심히 키 재기하며 들판을 채우는 중이다

한낮의 뜨거운 태양도 무섭지 않은
여름이다

그랬었다

사월

벚꽃으로 안방 도배하고

향기로 건넌방을 도배했다

외풍 들어오는 벽에 세 들어 살면서

우울한 창문 하나씩 걷어 내고

쇄골 같은 문지방도 없앴다

한 번의 뒤척임도 없는 바람벽의 달력

날개가 돋고 있는 중이다

첫사랑

꽃잎 찧어

손톱 위 꽃물 들이던 밤

꽃물 샐까

달빛 한 꺼풀로 칭칭 동여맨 손가락

첫눈 오는 날

말간 손톱 끝이 저려온다.

문밖에는 봄

뻥튀기 장수 골목 빈터에 나타났다
겨우내 참았던 숨찬 자유 들고서

뚜껑 고리에
쇠꼬챙이 끼우고 뚜껑 여는 일은
낡은 자루에 멀쩡한 봄날을 감금하는 일이다

하얀 냄새, 골목 들락거리자
고소한 봄을 물고
길고양이 담 넘는다

골목 끝, 햇볕이 곁눈질하며
안부 묻는다

묵언

창으로 들어오는 볕
헐거워진 하루 뿌리까지 들린다
이런 날
당신의 자리 같던 문지방 넘나들며
상처 잊은 듯
산 것들을 위해
입안 가득 거미줄 칠 때 말에 멱살 잡힐까
나도 미처 하지 못한 말이 많았다는 걸 알았다

봄, 위태로워
하루 꼭 여민다

수타사

은행잎 꽃잎처럼 내려앉은 길

자박자박 걷는다

속살까지 붉게 물든 풍경소리

활짝 열리는 허공

바람의 수행은 끝나지 않았다

엉킨 실타래 끌고

맨발로 들어선 산방

극락이다

보문이 색시

　과부 시어미 염려 속에 바보 아들 보문이와 바보 색시 어화둥둥 합치던 날,

　가슴속 구들장 하나 내려놓으며 시어미 꽃무릇 붉게 펼치더니 어화둥둥 보문이 닮은 아들, 보문이 색시 닮은 딸도 얻는다

　제 몸 하나 간수 못하는 저것들 대신 새끼들 들쳐업고 들로 산으로 치뛰고 내뛰는 시어미, 산입에 거미줄 칠까 봐 애면글면 모은 고단한 속주머니 여간해선 열리는 일 없고 목숨보다 더 소중한 새끼들만이 들어앉아 있다

　턱 밑에 커다란 혹 달고도 다음에 이다음에 미루고 미루더니 결국 눈도 못 감고 시어미 세상을 떴다

　두고 갈 수 없는 마음 어떻기에 온 몸으로 보이는 고통의 혹 덩어리들 검푸르게 곰팡이 피듯 번졌을까

　가스 불 낼까 봐 중간밸브도 잠그고 이 집 저 집 돌아가며 해 주던 끼니 뜸할 때, 동네 회의 끝에 두 새끼를 남의 집 데려다주고 오던 날

　머잖아 다시 돌아올 거라며 짐승 울음 쏟아내던 보문이 색시

월남치마 속에 묻은 얼굴, 질깃한 애증의 연모 견
뎌낼 수 있을까
　밤마다 짐승의 소리 밤나무 우듬지에 서럽게 얹힌다

　그렇게 나의 살던 고향에는 보문이와 보문이 색시
모두 떠나보낸 집 기왓장엔 소금버캐만 그득하다.

녹綠

불 꺼진 후평 공단 길
사흘째 장대비 내리고
녹물 같은 시름이 흐른다
칩거 중인 공장 사내들
끗발 좋던 영자의 전성시대에서
한발 설운 막걸리 같은 폐허 쓸어내린다
쓰나미 불황 속에서도 영자에게 준 팁이 얼마였
는데
길고양이에게 던져준 소시지가 얼마였는데
목줄기 관통하는 부도는
사내들의 오랜 습관처럼
허공에서 헛손질로 맴돈다
기름 냄새 가득 찬 작업복 뒷주머니
꽁초만 가득하고
어둠과 어둠이 혼숙하는 이 불황의 시대
갈 곳 잃은 공단 사내들
휘청, 한 세기가 저문다.

연화사

절 들어서니
초파일에 걸어둔 오색등
그 속엔 분절된 수많은 번뇌가 가득한지
금방이라도 떨어질 것처럼 위태로워 보인다

세상 모든 것 비우라고 세운 아미타불
어쩌자고 온 산을 다 가리고도 남을 만큼 크던지
햇살만 받아 마셔도 배부를 것 같은 곳곳의 시주함
알츠하이머를 앓는지
자꾸 침 흘리고 있다

그나마 단청이 봄볕으로 절 마당에 떨어지고 있어
등허리가 따뜻하다

절 구경 왔다가 막걸리에 취해 온 재산을 시주하
겠다고
스님께 흰소리치는 남편 옆구리
시퍼렇게 꼬집었다는
어떤 이의 웃음이 말갛게 떠오른다.

명문서점

이야기가 집 짓는 곳
아이 손잡고 들어선다
꾸벅꾸벅 조는 주인 여자
나무 사다리 좁아서 발 뻗을 수 없다고
오체투지하듯
납작 엎드려 있었다

행간에 수없이 그어진 밑줄
책 주인의 결심들
쥐 오줌 묻은 '만세전'을 만났을 때의 전율
책방 주인 되고 싶었던, 가슴 뜨거웠던 날들의 기억
아이는 어른이 되고
헌 책방엔
무릎 구부러진 사다리와 노파가
졸고 있다.

불면의 단서

행간에 갇혀 있는 숫자
꺼냈다
느슨하게 풀린 체온
기다려 주지 않는 밤으로
몇 날 고인 흔적이다
사는 게 시시하다고
바람의 속살 핥다가
헐어버린 입안
부푼 통증, 저 혼자 터진다

벚꽃 엔딩

그가 죽었어요
왜요 쿨럭쿨럭
구경꾼들이 많았어요
우울증이 있었나요
물비린내가 났어요
이상한 낌새 못 챘나요
모음 자음이 있는 글자 싫어했어요
물질을 늦은 겨울까지 했고요
누가 불온한 말 전했나요 쿨럭쿨럭
빨간 신호등 안고 있었어요 그래서 편견이라 했
습니다
동그랗게 말린 손 어떻게 하고 갔나요
부베의 여인을 죽도록 사랑했어요 그래서 더 기
가 막혔나 봐요
꽃신은 신겼나요 화장도 해줬나요
45도 경사진 언덕 자빠트리고 왔어요
일천 삼백 일 주술 걸어 봉인하려고 해요
왜요 왜냐고요 쿨럭 쿨럭
쉿 가만 좀 있어요

꽃잎 날리고 있잖아요

계절병

짧은 밤 털어 내며 부스스 일어나는 새벽
선잠 깬 눈가엔 희뿌연 아침이 열립니다
간밤 거친 꿈길 접지 못해 하늘도 멍하고
먼바다 건너온 황사바람, 밤새 발치까지 다가와
나를 일으켜 세웁니다
철없이 핀 개나리 사이를 몽유병자처럼 다녀왔네요
내 인생에 대해 할 말이 없는 계절병을 앓고 있습
니다

먼바다엔 파도 자꾸 높아만 가는데 말입니다.

빈 들판

보채던 바람

쑥부쟁이 속에 누워

말라간다

벌겋던 아궁이 속도

식어서

헐린 제비집 마냥 거칠고

후드득후드득

서리 내린다

몸 무너지는 소리다

참 오랜 시간 동안 "꽃봉오리들 찬 물속에서" 얼마나 춥고 아팠을까? 영혼마저 얼어붙을 그 차가운 물속에서……. "팽목항 별빛/금속성으로 갈라지"고도 남을 사건이다.

아직도 그 "별빛"같은 영혼들 잠들지 못하고 있다. "입 다문 바다 명치에 걸립니다" 이 한 연에서 작자는 한恨 맺힌 말을 가슴속에 저장하고 있다. 그런데 지상의 인간들은 특히 정치인들은 계속 그 영혼들을 욕되게 팔아먹고 있는 무리들이 있음은 더욱 한탄할 일이다.

　　옆집에 노부부가 살고 있습니다
　　오늘도 옆집을 지나갑니다
　　우리는 서로 말을 해본 적이 없습니다
　　옆집은 조용합니다
　　우리 집도 조용합니다.
　　옆집 마당에는 하얀 목련이 피고
　　튤립도 피고 처음 보는 봄꽃도 피고 있습니다
　　안 보는 척 훔쳐 봤습니다
　　빨랫줄도 반짝이며 펄럭이는 마당입니다
　　고개를 쓱 밀어 넣고 싶은 마당입니다
　　우리 집은 마당도 빨랫줄도 없는 집입니다
　　그래서 옆집 사람이 인사를 안 합니다

창조의 힘, 그 따뜻한 인간애

이영춘(시인)

1. 시심詩心

"산다는 것은 끊임없이 자기 자신을 창조하는 일, 그 누구도 아닌 자신이 자신에게 자신을 만들어 준다. 겉으로 보기에 나무들은 표정을 잃은 채 덤덤히 서 있는 것 같지만, 안으로는 창조의 일손을 멈추지 않고 있다. 땅의 은밀한 말씀에 귀 기울이면서 새 봄의 싹을 마련하고 있는 것이다. 그리고 시절 인연이 오면 안으로 다스리던 생명력을 대지 위에 활짝 펼쳐 보이는 것이다."

　　　　　　－ (법정스님 수상집 「산방한담」)에서

김진숙 시인은 끊임없이 자기 자신을 창조하는 사람이다. 생활을 창조하고 생활 속에서 언어라는 도구를 통하여 자신의 정서적 내면을 창조해 내는 것이다. 그는 2009년 『시와 창작』 문예지를 통하여 이미 수필가로 등단하여 활동하였다. 그리고 다시 2012년 계간 『시현실』 등단과 동시 "환경부장관상 전국여성백일장"에서 대상을 받으면서 시인으로 활동하게 되었다. 이렇게 끊임없이 그리고 조용하게 '자신을 창조'해 내는 시인이다.

그의 첫 시집으로 탄생할 『사람을 생각하는 일』은 따뜻한 온기가 도는 시들이 모여서 마치 우리들에게 소곤소곤 귓속말을 들려주는 것 같다. 김진숙의 마음과 눈에는 항상 그의 이웃들이 그의 내면에서 속삭이고 있다. 골목에서, 거리에서, 혹은 스쳐간 사람에게서, 바라보고 느낀 정서와 감정을 잔잔하게 살려내고 있는 것이 그의 시다. 요즈음 같이 각박한 세상에서 이렇게 따뜻한 시선을 갖고 있다는 것은 그의 인간성과 관계된다. 그는 항상 남의 입장을 배려하고 또래들 입장에서도 항상 맏언니 같은 훈훈한 인성과 인간미를 지니고 있는 시인이다.

이제 그의 시 속으로 들어가 그가 전하는 우리 이웃들의 모습과 그의 내면의 소리를 들어 보자. 우리들의 뇌리에서 영원히 지워질 수 없는 '세월호'

사건을 다룬 작품 「미필적 고의입니다」 라는 서부터 「옆집을 발굴 중입니다」 「205호 할머 「이발소」 「벌쟁이 김 씨 1.2」 「굽은 등」 「일용 「실직」 등의 작품은 다양한 '이웃들'의 모습 얼굴을 그려낸 작품들이다. 「미필적 고의입니 라는 작품부터 감상해 보겠다.

노란 리본 서툰 반성입니다
꽃봉오리 저 찬 물속으로 사라졌는데
세월이 필요했는지요
그믐의 사리 높아지면서 팽목항 별빛
금속성으로 갈라집니다
찬바람은 물속에서도 분노합니다
아직 찾아야 할 꽃잎 많은데

입 다문 바다 명치에 걸립니다

– 「미필적 고의입니다」 전

'세월호' 사건을 담담하게 진술하고 있다. 에서 암시하는 대로 범죄 행위에 해당할 것을 서도 그 일을 빨리 해결하지 못함에 대하여 비 시다. 그렇다. "노란 리본은 서툰 반성"일 뿐이

나도 내 마당이 없어서 인사를 안 합니다

마당을 만들어야겠습니다

그리고 계절을 심어야겠습니다

봄볕이 좋은 날

옆집을 발굴 중입니다

- 「옆집을 발굴 중입니다」 전문

'봄볕'에 반짝이는 풍경 묘사가 참 아름답다. 내용으로 보아 옆집과 소통은 안 한 상태이지만 이만한 표현이면 옆집과 무언의 소통을 아름답게 나누고 있는 심상image이 한 폭의 그림으로 다가온다. 이것이 바로 시의 힘이자, 김진숙 시인의 시를 시답게 창조하는 역량이다. 옆집 마당의 이미지를 이토록 환하게, "노부부가 살고 있"는 이웃집 마당의 고즈넉한 분위기를 잘 살려내고 있기 때문이다. 김진숙 시의 정서emotion는 항상 슬퍼도 기뻐도 크게 요란 떨지 않고 조용히 관조하듯 그 아픔이나 슬픔, 그리고 즐거움까지도 조용조용히 가슴 안으로 새겨 넣는 기법技法으로 승화시키고 있다.

아이고 어떻게 여기까지 왔어, 새댁!

아래층 205호 할머니

날 알아보고 복지관에서 반갑게
손잡아 흔든다

봉사 끝나고 간다며 인사하는 내게
댁은 어디서 왔수?

할머니 갈수록 정신이 맑아진다

                    −「205호 할머니」전문

　점방 집 사내 희망근로 나갔다 중도에 모가지 잘린
게 억울하다고 술내 풍기며 이발사에게 핏대 세운다
자기 모가지가 그 여시 같은 팔봉댁이 갖다 바치는 커
피만도 못한 것이라며 씩씩댄다. 시퍼런 면도날에 맡
긴 내 목이 뜨끔하다 피라도 난 것일까 목울대가 뜨뜻
하다 삶이 그대를 속일지라도……, 벽 한쪽에 걸려 있
는 낡은 액자 속 푸시킨, 먼 발치에서 사내를 잠재우고
문밖에는 탈탈거리는 삼색등이 무심히 돌아간다.

                        −「이발소」전문

　날렵한 몸으로 푸른 채소 어미고 등 푸른 생선 깔끔
하게 토막내고 날 바짝 세워 불편한 세월 잘도 베더

니 정작 꽃비가 내리니 어찌지 못하고 칼금 선명한

도마 상처 소슬 소슬 아파 온다

굽은 등 위로 닳은 세월 길게 누워 있다.

-「굽은 등」 전문

위의 시 3편은 모두 '이웃들'의 이야기다. 김진숙은 이렇게 이웃들의 인생 고락을 담담히 관조적으로 그려낸다. 마치 "시인은 한 시대의 대변자"라는 말과도 같이 작자의 감정을 배제한 채 객관적 시선으로 그려내고 있는 점이 강점이다.

「205호 할머니」는 치매노인인 것 같다. 1연에서 반갑게 손을 잡고 흔들더니, 2연에서 "봉사 끝나고 간다"고 인사하는 화자persona에게 "댁은 어디서 왔수"란다. 그리고 끝 연에서는

"할머니, 갈수록 정신이 맑아진다"고 치매라는 병을 은유하듯 역설적 기법을 사용함으로써 막막하고 텅 빈 공허감을 제시한다. 기막힌 현실이다. 지난 해 우리나라 국민건강보험공단에서 제공한 치매 현황은 진료비는 2조1천835억으로 54만 명이 진료를 받았다고 한다.(자료:네이버)

「이발소」란 이 시에서 화자話者는 희망근로자인

것 같다. 그런데 웬 일로 잘렸는지 배경 설명은 없으나 "모가지 잘린 게 억울하다고 술내 풍기며 이발사에게 핏대 세운다"는 것이다. "핏대 세우는" 것은 하소연의 과장법이다. 그런데 이 시에서 묘妙하게 조화시킨 이미지가 있다. '모가지'와 머리를 자르는 곳 '이발소'와의 대비다. '희망근로자 모가지'가 남의 손에 의해 잘렸듯이 그 '모가지'가 달린 머리를 이발사에게 맡겨 놓고 있는 상황이다. 그리고 주체가 자동이 아닌 피동으로 이뤄진다는 사실이다. 이렇게 항상 피동으로 살아야 하는 것이 '노동자들'의 설움이다. 시적 발상과 발화의 극치다. "벽 한쪽에 걸려 있는 낡은 액자 속 푸시킨의 시, 삶이 그대를 속일지라도……"의 배경 설정도 극치다. 그리고 창밖에서는 "탈탈거리는 삼색등이 무심히 돌아가고 있다"고 공허한 심상을 어프로치 approach 시킨 기법도 탁월하다.

「굽은 등」은 소재의 어떤 주체를 제시하지 않고 있다. 그러나 '굽은 등'의 주체는 어머니일 수도 있고 또 화자 자신일 수도 있다. 또는 바닷가에서 생선 토막을 내는 어떤 여자일 수도 있다. 주체가 없이도 시를 시답게 승화시킨 것은 "날 바짝 세워 불편한 세월 잘도 베더니/정작 꽃비가 내리니 어

쩌지 못하고 칼금 선명한 도마 상처 소슬 소슬 아
파온다"고 서민들의 고단한 삶을 묵시적으로 암시
하고 있다.

「실직」이란 작품에서도 "내일이면 괜찮아 질 거
라고 꾸룩 대는 바닷새/허다한 날들 집어등 걸고
있다"에서 보듯이 '실직' 한 사람의 심상을 '바닷
새'로 상징화 하여 스스로 위로하는 형식을 취하
고 있다. 이렇게 김진숙 시인은 담담한 표현으로
진술하고 있지만 애련한 연민의 시선으로 이웃들
의 아픔을 내 아픔으로 환유하고 있는 것이 그의
시의 특징이다.

2. 흔적, 그리고 상처

이 세상 모든 글은 '자신의 상처'를 쓰는 것이라고
누군가는 말했다. 또한 어느 시인은 "시인이 많다는
것은 그만큼 울 일이 많다는 것"이라고 말한다.

김진숙의 시상詩想을 따라가다 보면 가슴 아픈 이
야기에 공감하지 않을 수 없다. 어린 날의 추억에
서부터 그리고 살아오면서 가슴 속에 남아 있는 정
서적emotional 상처를 승화시킨 작품들이 이번 시
집의 한 축築을 이뤄내고 있다고 평가된다.

식탁에 밥 한 공기와 수저를 나란히 놓습니다

가쁜 해서 바람도 떨립니다

얼마 전까지 네 귀퉁이 식탁 다리가 휘청해서

밥그릇 들고 총총히 먹었던 기억입니다

흩어진 식구들 숫자 세어 보고 또 세어 봐도

저릿한 타박상처럼 건드리면 통증이 먼저 오네요

물에 만 밥

저 혼자 목구멍에 걸려 곤두섭니다.

－「식구」전문

  8행으로 된 이 시는 공간을 확대, 구성하여 8연이
된 시다. 이토록 작자의 감정을 다 배제하고도 저
릿한 감동으로 여운과 전율을 일게 하는 것이 김진
숙 시의 우월성이다.
  "얼마 전까지 네 귀퉁이 식탁 다리가 휘청하도

록" 식구들이 다 둘러 앉아 먹던 밥상이다. 그런데 지금은 "물에 만 밥/ 저 혼자서 목구멍에 걸려 곤두서"는 밥이다. "흩어진 식구들 숫자 세어 보고 또 세어 봐도/저릿한 타박상처럼 건드리면 통증이 먼저 오는" 한 사람의 부재의 자리가 참 아프고 쓸쓸하다. 그럼에도 "식탁에 밥 한 공기와 수저를 나란히 놓는" 표현에서부터 "가쁜 해서 바람도 떨린다"는 역설적 표현으로 이 시의 가치를 격상시킨다. 아픈 내용의 시이지만 정서적 절제미와 그리고 주제까지 완전하게 잘 살려내고 짜낸plot 한 필의 피륙 같은 시다.

> 하필, 이 새벽
> 화장실 물 내려가는 소리가 사람을 생각나게 한다
> 사람을 생각하는 일
> 혼자 밥 먹는 것처럼 재미 없는 일이다
> 한쪽 발로 깽깽이 뛰는 것처럼
> 참 쓸쓸한 일이다

> ─「사람을 생각하는 일」 전문

「식구」와 같은 맥락이 시다. "화장실 물 내려가는 소리"를 들으면서 '부재不在'의 한 사람을 생각한다 그리고 "혼자 밥 먹는 것처럼/한쪽 발로 깽깽이 뛰는 것처럼/참 쓸쓸한 일이다"라고 고백한다. 그 절대의 고독을 담담히 그려내는 자세, 이것은 김진숙 시인이 시를 시답게 처리하는 시적 기법技法이다. 그리고 인간적으로 말하자면 그가 닦은 덕성의 승화다.

　가슴 아픈 사연을 이렇게 담담히 시적으로 승화시킨 또 다른 작품을 더 살펴보겠다.

　　키 작은 뼈 사이로 검은 꽃이 보였다

　　어머니를 발굴하는 내내 봄볕이 쏟아졌고

　　해 준 게 뭐 있냐던 내 독설이

　　어머니의 삭은 뼈마디에서 반짝인다

　　때때로 부는 봄바람

　　상처를 집요하게 핥아 대며

　　산 자의 무게로 누른다

　　어떤 미안하고 미안한 안부는

　　그리울 것 없이 가슴 깊이 화형火刑이 됐다

　　섬광을 쪼였던 어머니

　　부패의 온기도 없이

　　조용히 내게 온몸을 내 주고 있다

　　　　　　　　　　－「화장火葬」전문

어릴 적 산동네 리어카로 이사하던 날

다리 불편한 어린 딸 업고

찌그러진 달 속에

스스로 유폐되었던

아버지의 지난 모습

내 몸 여기저기

옛 것 불러일으켜 집 짓는지 아프다

아버지 등에 업혀 본 찌그러진 달

이제야 둥글어져 환하다

-「달」 부분

　위의 두 작품 다 명품이다. '화장' 하는 어머니를
담담히 바라보면서 "해 준 게 뭐냐던 내 독설이/어
머니의 삭은 뼈마디에서 반짝인다"고 자신이 부모
에게 던진 말을 아파하며 후회한다. 그 '독설' 이 마
치 사리舍利를 연상하게 하듯 "어머니의 삭은 뼈마
디에서 반짝인"다고 상징화 한 표현은 일품이다.
그리고 이 시는 철 모르던 때 우리가 얼마나 많은
독설을 우리들 부모에게 했던가?를 반성케 하는 시
적 효용성까지 내포하고 있다. 대부분 우리들은 결
혼을 하여 자신이 아이를 낳고 길러 봐야 부모의

마음을 십분의 일이라도 알 수 있기 때문이다.

「달」이란 작품은 작자의 이야기를 소재로 한 작품으로 아버지를 그리워하는 심상으로 주제를 살리고 있다. "어릴 적 산동네 리어카로 이사하던 날/다리 불편한 어린 딸 업고/찌그러진 달 속에/스스로 유폐되었던/아버지의 모습"을 그리워하며 담담하고 차분하게 화자의 심상을 그려내고 있다. 또한 이 시의 절창은 "내 몸 여기저기/옛 것 불러일으켜 집 짓는지 아프다"라는 표현이다. 그리고 결말에서 "이제야 둥글어져 환하다"라는 진술에서는 길고 먼 여정에서 내려선 듯 평온한 이미지로 시상을 환기시킨다. 일품이다.

3. 동시대적 정서

그리고 김진숙은 살아오면서 일상에서 체험하고 느낀 동시대적 정서를 다룬 작품들이 많다. 「58개띠」에서부터 「마흔 번째 겨울을 지나며」「빈 들판」「빈 집」「저녁이 슬프다」「상처, 뒤돌아 앉은」「말이 저무는 집」등이다. 몇 작품을 감상해 보자.

"베트남 전, 서울의 봄 아이엠에프 터져 사오정되

고 삼팔선 되었어도 끄떡 없었어요 몇 번의 안간힘에
일어서지 못할 때도 있었지만 보세요 지금은 단수된
수도꼭지에서 푸푸하고 헛바람 나오듯 꾹 눌러온 신
명을 풀고 있잖아요 집으로 갈 시간이네요
 …… (중략)"

-「58개띠」부분

강 내력 중에
물길 놓쳐 눈멀고 귀먹은 적 있어
당분간 기다림으로 있기로 했다
(중략)
수없이 베인 상처
붉은 발 담그고
슬며시 물길 잡아 꽃잎 띄우고
뒤척이는 강바람

-「상처, 뒤돌아 앉은」부분

 한 남자 공부시키며 얻은 쿨럭임, 사람들 손가락질
에 익숙해질 때 그녀 입안에 빨간 꽃이 피었고 시간
의 틈바귀에서 마냥 서성였을,
 영정 앞에서 차마 쉬지 못하는 날숨은 귓전을 들락

이며 숙인 고개 밑으로 숨는다

- 「저녁이 슬프다」부분

맨 위에 제시한 시는 「58개띠」라는 작품의 한 부분이다. 이 시는 한층 폭넓은 시선으로 세상을 바라보고 소재를 다룬 시다. 한 시대의 역사성 사회성을 함의하고 있어 시적 가치와 의미가 매우 깊다. 소위 베이비붐 세대(baby boom generation)의 단면을 그려낸 시로 큰 울림을 준다. 좀 더 구체적으로 베이비붐 세대를 소개하여 한 시대의 주역들의 지난했던 삶을 돌아보자.

한국의 대표적인 사회학자 송호근 교수는 그의 저서 「그들은 소리내 울지 않는다(2013.이와우刊)」에서 이렇게 진술한다. "1인당 국민소득 50불 시대에 태어나 2만 불에 이르는 현기증 나는 거리를 숨 가쁘게 달려온 우리의 베이비붐 세대는 최빈국이던 나라를 선진국 문턱까지 밀어 올리고 이제 현장에서 물러가는 중이다. 베이비부머는 1955-1963년 사이에 태어난 전후 세대로서 전국에 약 715만 명이 존재한다. 그들은 부모 세대와 자식 세대의 모든 부양의 책임을 짊어지면서도 농업 세대와 IT세대 사이에 소통의 다리를 놓았다. 베이비부머들은 농촌공동체의 문화적 유전자가 흐르는 마지막 세대이자 유교전통을 계승한 막내 세대이다. 그리고 근대와 현대 사이에 가교를 놓은 세대이다."라고 정의한다.

김진숙의 「58개띠」 속에는 이렇게 베이비부머들의 아픔을 초연한 듯 담담하게 진술하고 있다. "집으로 갈 시간이네요"라는 구절은 어쩌면 그렇게 학자가 서술한 "이제 현장에서 물러가는 중이다."와 맞아 떨어지는 지 신기할 정도다. 시인으로서 글의 소재를 이렇게 사회적인 이슈로issue로 접목시켜 나갈 수 있는 능력은 탁월하다.

「상처, 뒤돌아 앉은」은 제목 그대로 누군가가 돌아선 '마음의 자리'를 '상처'로 은유한 것이다. "물길 놓쳐 눈멀고 귀먹은 적 있지"만 "당분간 기다림으로 있기로 했다"면서 이해와 기다림의 미학으로 그 상처를 보듬는다. 그리고 "수없이 베인 상처/붉은 발 담그고 /슬며시 물길 잡아 꽃잎 띄우고/뒤척이는 강바람"처럼 '마음의 상처'를 강물에 담그고 그 상처가 아파 "뒤척이는 강바람"처럼 초연한 자세로 자신을 다스리고자 하는 성정의 미학이다.

「저녁이 슬프다」에서도 암시되는 것은 한 여자가 한 남자를 공부를 시켰던가 보다. 그런데 그 슬픈 여자는 병을 얻어 쿨럭인다 설상가상으로 그 남자는 이 세상을 떠났나 보다. "영정 앞에서 차마 쉬지 못하는 날숨"으로 형상화한 이미지가 감각적으로 다가온다.

  이렇게 김진숙 시인은 감정을 절제한 채 담담하게 시적 승화를 발휘한다. 그러나 작자의 이면에는 항상 애련한 아픔이 동반한다. 이런 기법이 김진숙 시의 묘미이자 시의 특성이다.

4. 자연과의 동화

  자연은 우리가 살아가는데 공기와 같은 대상이다. 한 덩어리로 살다 보면 아득하게 잊고 멀리하기 십상이다. 그런데 김진숙은 계절마다 '자연'에 대한 깊은 내면의 정서를 감각적인 이미지로 승화시키고 있다. 그의 시를 순차적으로 계절을 배치하여 감상해 본다.

    숨어있던 등뼈 사이로
    토사물이 스며들고
    끌어안은 모든 것

                        - 「봉의산」 부분

뻥튀기 장수 골목 빈터에 나타났다
겨우내 참았던 숨 찬 자유 들고서
(중략)

하얀 냄새, 골목 들락거리자
고소한 봄을 물고
길고양이 담 넘는다

골목 끝, 햇볕이 곁눈질하며
안부 묻는다

                        ―「문밖의 봄」 부분

외풍 들어오는 벽에 세 들어 살면서

우울한 창문 하나씩 걷어 내고

쇄골 같은 문지방도 없앴다

한 번의 뒤척임도 없는 바람벽의 달력

날개가 돋고 있는 중이다

                          ―「사월」 부분

나무도 열심히 나뭇잎 키우고
풀들도 열심히 키 재기하며 들판을 채우는 중이다

한낮의 뜨거운 태양도 무섭지 않은
여름이다

그랬었다

–「여름 들판」부분

헐린 제비집 마냥 거칠고

후드득후드득

서리 내린다

몸 무너지는 소리다

–「빈 들판」부분

꽃잎 찧어
손톱 위 꽃물 들이던 밤
꽃물 샐까

달빛 한 꺼풀로 칭칭 동여맨 손가락

첫눈 오는 날

말간 손톱 끝이 저려온다

－「첫사랑」전문

자연물을 총체적으로 상징하는 「봉의산」에서는 "세상 모든 것을 끌어안는" 신성神聖 같은 존재로 산을 은유하고 있다. 그런데 그 신성한 산도 인간 세상의 희로애락을 다 끌어 안다보니 "밤이면 아파서 소리 내 운다"고 의인화함으로써 시적 승화의 정점을 이뤄내고 있다. 더 이상 할 말이 필요 없는 시적 승화의 극치다.

「문밖의 봄」은 봄이 되면 골목 어귀에 "뻥튀기 장수"가 "겨우내 참았던 숨찬 자유 들고서" 찾아온다는 표현이 일품이다. 그리고 "하얀 냄새, 골목 들락거리자/고소한 봄을 물고/길고양이 담 넘는다/라는 환한 비유적 이미지가 봄을 한껏 봄답게 감각화 시키고 있다.

「사월」도 봄의 한 계절인데 여기서 작자는 "외풍 들어오는 벽에 세 들어 살면서"라는 표현을 쓴 것

으로 보아, 완전 봄으로 넘어간 계절도 아니고 '꽃
샘바람' 같이 봄의 길목에서 오래 서성거리고 있는
계절을 노래하고 있는 듯하다. "한 번의 뒤척임도
없는 바람벽의 달력/날개가 돋고 있는 중이다"의
표현은 감각적 이미지의 절창이다.

「여름 들판」은 말 그대로 "풀들도 열심히 키 재
기하며 들판을 채우는" 여름 들판이다. 여름 들판
은 좀 삭막한 듯하지만 "한낮의 뜨거운 태양"이
"들판 가득하기" 때문에 더 이상의 말을 부여하지
않아도 가득 찬 느낌의 정서로 가득 채워주는 이미
지로 표현한 것으로 인식된다.

「빈 들판」에서는 딱히 '가을'이란 단어는 안 보
인다. 그러나 늦가을을 연상할 수 있다. 추수가 다
끝난 후의 공허한 마음을 이렇게 표현하고 있다.
"헐린 제비집 마냥 거칠고/후드득후드득/서리 내
린다/몸 무너지는 소리다"에서와 같이 처연한 청
각적 이미지가 가슴을 서늘하게 한다.
　그리고 '겨울'은 「첫사랑」이란 작품을 매개로 하
여 '겨울'을 이미지화 하고 있다.
　아련히 겨울에 떠나간 첫사랑처럼 "첫눈 오는 날
/말간 손톱 끝이 저려오는" 겨울을 통하여 첫사랑

에 대한 회상을 한다. 곧 첫사랑은 흰 눈이고, 흰 눈
은 첫사랑의 이미지화化이다.

흰 눈처럼 찾아오는 첫사랑의 영상映像이 환한 길
을 열어 준다.

5. 에필로그

김진숙의 다양한 시 세계를 살펴보았다. 한 마디
로 그의 시는 단조로운 듯하면서도 작품 속에 많은
인생의 의미를 함의하고 있어서 작품의 중량감을
더하고 있다.

또한 그는 그의 인간성만큼이나 내 이웃과 주위
에 많은 인물과 사건에 대하여 관심과 관찰의 시선
으로 상대를 바라보고 그들의 애환과 정서를 공유
하면서 자신의 내면적 성찰로 작품을 승화시키고
있는 것이 그의 시의 특징이다. 그만큼 이웃에 대
하여, 사물과 사건에 대하여 애착과 애정을 갖고
있다는 의미이다. 그리고 그의 작품의 또 하나의
특징은 적당한 감정절제로 시를 시답게 승화시켜
내는 시적 기법이 탁월하다.

"오목거울로 내 가슴 보니/꽃 만발이다/오래오래
/시들지 않을 것이다//가슴 가득/너를 품고 있을
테니"(「거울」)처럼 "내 가슴을 보니 꽃 만발한" 상

처 투성이임에도 이렇게 아픔을 담담하게 승화시
켜 내는 것이 김진숙의 시다.

　몽테뉴는 "이 세상에서 가장 소중한 것은 자기 자
신에게로 돌아가는 길을 배우는 일이다."
　라고 했다. 앞으로도 자신의 기도처럼 "상처 잊은
듯/산 것들을 위해//하루를 꼭꼭 여며"(「묵언」)하
면서 "엉킨 실타래 끌고/맨발로 들어선 산방"에 들
어선 것처럼 "끝나지 않은 바람의 수행"(「수타
사」)이 오래 오래 김진숙 시인의 마음 안에서 지속
되기를 기원한다. 그리고 자신을 잠재우지 않는 깨
인 눈으로 새로운 창조의 문을 활짝 열어나가기를
기대한다.

한결 시 시리즈 002

사람을 생각하는 일

초판 1쇄 인쇄 2020년 09월 20일

초판 1쇄 발행 2020년 10월 21일

지은이_김진숙

펴낸이_박성호

편집디자인_도서출판 한결

표지디자인_박성호

펴낸곳_도서출판 한결

등록번호_제198호

등록일자_2006년 9월 15일

강원도 춘천시 공지로 121-1(석사동 310-5 삼원빌딩)

대표전화_033_241_1740 팩스_033_241_1741

전자우편_eunsongp@hanmail.net

ISBN_ 978-89-92044-50 9 03810

ⓒ 김진숙

이 책은 춘천문화재단 후원으로 발간 되었음.